B. LEBRETON & E. BLAIRAT

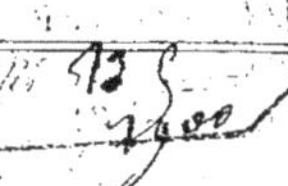

Ninie La Rouquine

VAUDEVILLE EN UN ACTE

Représenté pour la première fois le 11 mai 1900 au Concert de l'Époque

(Direction Aristide BRUANT).

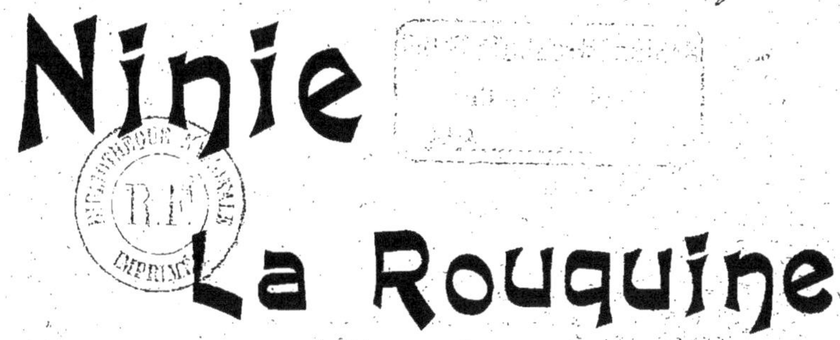

DISTRIBUTION

5 H. — 3 F.

PARIS

C. JOUBERT, Éditeur, 25, rue d'Hauteville.

Anciennes Maisons BRANDUS & JOUBERT réunies

C. JOUBERT, Successeur

ÉDITEUR DE MUSIQUE

PARIS. — 25, *Rue d'Hauteville*, 25. — PARIS

RÉPERTOIRE

DES OUVRAGES DE CONCERT EN UN ACTE

ABRÉVIATIONS : D. Veut dire du répertoire de la Société Dramatique, 8, rue Hippolyte Lebas. — Le surplus appartient au répertoire de la Société Lyrique, 10, rue Chaptal.

LOC. Veut dire : La musique n'est qu'en location et ne se vend pas.

Opérettes et Vaudevilles

AUTEURS	TITRES DES ŒUVRES	Hommes	Femm	Prix nets
Saint-Maurice	Abricot (L') d	troupe	»	loc.
De Campisiano	Absalon	1	3	6 »
Vallès-Garnier	Affaire Cœurdeveau (L')	5	1	loc.
F. Bernicat	Agence Rabourdin (L')	1	1	5 »
Japy	A huitaine	troupe	»	
C. Roland	Aiguilleur (L') d	1	1	loc.
Bessière-Ruffier	Ami Vandière (L'). d	7	6	loc.
G. Street	Amour en livrée (L')	3	1	5 »
Desormes	Amour et l'appétit (L')	1	1	4 »
Vallès-Garnier	Amour et sauvetage	3	2	loc.
A. Petit	Amoureux d'Yvonne (Les) d	5	3	loc.
V. Roger	Amour Quinze-Vingt (L')	3	1	4 »
Bottin, Boulay-Layrice	Amours d'un piston (Les)	3	2	loc.
Desormes	Antoine et Cléopâtre d	1	2	4 »
Bessier-Moreau	Aphrodites (Les)	4	8	loc.
Dorfeuil-Moreau	Après la vie de Bohème d	troupe	»	loc.
J. Emmecé	A qui le gosse ?	2	3	loc.
M. Chautagne	Arracheuse de dents (L')	2	1	4 »
Dourel, Roidel, Monjardin	Artistes pour rire d	6	4	loc.
Géraldy	Ascension du Mont-Blanc (L')	1	1	4 »
Oudot-de Gorsse	Au Chat qui pelote d	troupe	»	loc.
Banès	Au Coq huppé	3	2	5 »
Uzès	Au soleil d'or d	3	2	6 »
Lebreton-Moreau	Au temps des cerises d	5	3	loc.
Guérineau	Auteur par amour	1	2	5 »
Lebreton-Moreau	Autour d'une guérite d	3	2	loc.
Henry Moreau	Avant le bal	1	1	3 »
Celonge, Carofalo, Comhret	Baba Bouzouck d	5	6	loc.
Deransart	Baigneur et nageuse	1	11	3 »
Autigeon	Baigneuses de Cocotteville (les)	5	9	loc.
Leserre	Barbe-Bleue	1	»	2 »
Raiocé-Tranchant	Bataillon Desroches (Le) d	10	0	loc.
Autigeon-Despiau	Battage (Le)	2	1	loc.
A. Moyne	Béguin d	2	1	loc.
Wachs	Bibi ou l'Enfant de l'Amour	1	1	4 »
Moreau-Touzé	Belle-mère, nouveau jeu	1	3	loc.
Moreau-Gramet	Bougnol et Bougnol	4	2	loc.
Villebichot	Boum ! Servez chaud	3	2	4 »
Hubans	Breland de bègues	2	1	5 »
D. Bernicat	Cadets de Gascogne	troupe	»	loc.
Banès	Cadiguette (La)	1	1	5 »
Javelot	Calino amoureux	2	1	3 »
Cellot	Canne d'un grand homme (La) d	2	2	loc.
Lebreton-Moreau	Ça porte bonheur	5	3	loc.
V. Herpin	Capricorne (Le)	troupe	»	loc.
F. Barbier	Carmagnole (La)	3	3	5 »
Lebreton-Moreau	Carnaval conjugal (Le) d	9	9	loc.
Autigeon-Despiau	Cascadin et Cie	6	5	loc.
Chabaud, Colonge Tranchant	Ce pauvre Bobinet	2	1	loc.
Chelu	Chambre à louer	1	1	2 »
Cuvillier	Chambre à part d	4	2	loc.
Henry Moreau	Chambre de bonne d	troupe	»	loc.
V. Roger	Chanson des Ecus (La)	3	1	4 »
P. Henrion	Chanteuse par amour (La) d	»	1	6 »
E. André	Chaos (Le)	1	1	4 »
Moreau-Boucherat	Chasse royale d	troupe	»	
Lebreton-Moreau	Chasseurs Alpins (Les) d	6	6	loc.
Cieutat	Chaste Suzanne (La) d	troupe	»	4 »
Yvel	Chéri des Dames	troupe	»	loc.
Dourel-Roydel	Chez la Costumière d	troupe	»	loc.
Meynard	Chez le dentiste	3	1	8 »
Lhuillier	Chez les Corniquets	1	»	1 »
C. Rosenquest	Chicard et Bébé	1	1	4 »
Ponnier	Chien et Chat d	4	1	5 »
Boulay-Layrice	Choc en retour d	2	2	loc.
Moreau-Gramet	Cinq contre un	3	3	loc.
Villebichot	Cirque Ponger's (Le)	troupe	»	6 »
Bessière	Clou (Le) d	2	2	loc.
L. Collin	Coco Bel-Œil	3	1	6 »
A. Petit	Cocotte et chiffonnier	1	1	5 »
Villemer / Delormel / Péricaud	Colosse de Rhodes (Le)	3	»	4
A. Petit	Confections pour dames	2	4	5 »
Lebreton-Moreau	Conscrits bretons (Les) d	7	5	loc.
L. Collin	Conscrit tyrolien (Le)	1	1	3 »
Lebreton-Moreau	Contrôleur des Wagons-Bars (Le)	5	3	loc.
Lebreton-Moreau	Cote et Cocottes	4	4	3 »
De Roze et d'Arsay	Culotte du marié (scène) (La)	1	»	1 »
Lebreton-Moreau	Dans cent ans d	2	11	loc.
Sourilas	Dégrafée d	1	3	5 »
Marc Sonal-Pierre Lauret	Départ du régiment (Le) d	5	10	loc.
L. Lefèvre	Dernier verre (Le)	3	1	4 »
F. Barbier	Deux amours de chandeliers	2	1	5 »
F. Matz	Deux avares (Les) d	2	1	8 »
Ch. Hubans	Deux coqs vivaient en paix	2	1	6 »
F. Gracia	Deux estafiers (Les)	2	»	2 »
M. Chautagne	Deux muses (Les)	3	»	4 »
F. Barbier	Deux parfaits notaires (Les)	2	»	4 »
Hervé-Lecocq	Deux portières pour un cordon d	3	»	4 »
Moreau-Boucherat	Diable au Moulin	5	8	loc.
Gramet-Talber	Doigt coupé (Le)	troupe	»	loc.
Saint-Maurice	Doubles Vierges (Les) d	troupe	»	loc.
Moreau-Gramet	Dragon pour deux	3	2	loc.
Sourilas	Drapeau jaune (Le) d	3	2	loc.
Bouvet-Sevry	Dupont et Dupont	4	3	loc.
Bottin, Boulay-Layrice	Durifiard	5	2	loc.
J. Domerc	Ecole buissonnière (L')	3	»	3 »
Yver-Septmons	Eh ! Ohé ! Ladrupette ! d	2	»	loc.
Trebla-Croisier	Elle ! d	4	1	loc.
Ed. Lhuillier	Elle débute ce soir	1	1	loc.
Delaruelle	El senor Piflardino	1	1	6 »
Marsay	En colonne d	troupe	»	loc.
Lebreton-Moreau	Enfant des balles (L') d	3	2	loc.
Jallais, Hubans	Enlèvement des Sabines (L')	troupe	»	loc.
Guillemaud-de Marsan	Enfants d'Edouard (Les) d	2	3	loc.
Lebreton-Duroc	Enragés d	4	4	loc.
Villebichot	Entre deux jardins	1	1	4
Lebreton-Duroc	Entresol d'Eugène d	4	6	loc.
Garnier-Vallès	Erreur de Bridouille (L')	3	2	loc.
Banès	Escargot (L')	2	3	6 »
A. Pajol	Esprits d'Argenteuil (Les)	4	3	loc.
D. Dihau	Eternel roman (L')	1	1	4 »
Garnier-Vallès	Exploits de Malichard (Les)	6	4	loc.
F. Beauvallet	Faites le jeu, Messieurs d	3	1	loc.

NINIE LA ROUQUINE

B. LEBRETON & E. BLAIRAT

Ninie La Rouquine

VAUDEVILLE EN UN ACTE

Représenté pour la première fois le 11 mai 1900 au Concert de l'Époque

(Direction Aristide BRUANT).

DISTRIBUTION :

5 H.   3 F.

PARIS

C. JOUBERT, Éditeur, 25, rue d'Hauteville.

Répertoire de la Société des Auteurs et Compositeurs Dramatiques.

RÉPERTOIRE B. LEBRETON

Pièces en un Acte

Chez M. JOUBERT, Éditeur, 25, rue d'Hauteville, 25, PARIS

Agence PELLERIN, 8, rue Hippolyte-Lucas.

A LA SOCIÉTÉ DRAMATIQUE

Les joies du Divorce............	6 h.	7 f.
Gueule d'Or...................	6 —	6 —
Enragés.........(avec J. Duroc)	4 —	4 —
Soir de Noce......	4 —	4 —
L'entresol d'Eugène.......... .	4 —	6 —
Faut que j'casse la g... à Baptiste.	5 —	2 —
Hôtel d'Artistes..........	6 —	6 —
L'Hôtel de Noblepanne...	4 —	4 —
L'Enfant des Halles (avec H. Moreau).	3 —	2 —
Autour d'une guérite .... —	3 —	2 —
Trio de troupiers......... —	5 —	2 —
Les farces du printemps.. —	5 —	3 —
Les Volontaires de 92 .... —	4 —	2 —
Friquet....:.......... —	7 —	5 —
Les Chasseurs alpins. . . —	6 —	6 —
Les Treize jours d'un Parisien —	8 —	6 —
Les Amoureux d'Yvonne. —	4 —	2 —
Miss Kissmy............ —	5 —	3 —
Au Temps des Cerises ... —	5 —	3 —
La Petite Colonelle....... —	7 —	3 —
Nos Voisins ... . —	6 —	6 —
Dans cent ans... ...... —	11 —	11 —
Carnaval conjugal....... —	9 —	9 —
La Fille du Marin .... —	8 —	7 —
Les Trois Maçons.. .... —	4 —	2 —
L'Héritière des Carapattas —	8 —	8 —
Les Jocrissés du mariage. —	6 —	6 —
Les Conscrits bretons.... —	7 —	5 —
Monsieur Sans-Gêne ..... —	6 —	6 —
Le 13ᵉ Spahis .... —	8 —	9 —
Les Petites Ménichou .... —	8 —	10 —
Le Fils à Papa.... ....: —	4 —	6 —
Les Vierges du Chahut .. —	5 —	10 —
La Petite Baronne .... —	6 —	9 —
Le Signe de Léda. ...... —	8 —	8 —
Par la gymnastique (avec A. Lambert) 2 —	2 —	

Terre-Neuve (avec A. Lambert).	4 h.	4 f.
La Grenouille (avec E. Blairat).	4 —	2 —
Une Consultation .... —	4 —	3 —
L'Homme pâle............ —	4 —	2 —
Ninie la Rouquine........ —	5 —	3 —
Les Filles de la Cantinière (E. Soudant)	7 —	4 —
J'épouse ma bonne........ —	5 —	4 —
La foire aux nichons. (avec Talber)	7 —	7 —
La Frangine..... (avec Beissier)	7 —	6 —

Agence générale SOUCHON, 10, rue Chaptal.

A LA SOCIÉTÉ LYRIQUE

Un mauvais Conscrit ..... —	1 —	1 —
Les Noces d'or........... —	1 —	2 —
Cote et cocottes.......... —	4 —	4 —
La Vocation d'Isoline .... —	1 —	2 —
Le Frère de lait .... —	1 —	2 —
Nourrices et Troubades .. —	4 —	4 —
Soldat......... .... —	5 —	5 —
Les Petits Zouzous...... —	8 —	8 —
Le Contrôleur des Wagons-Bars	5 —	3 —
Çà porte bonheur !...... —	5 —	3 —
Les Trois Gosses (avec de Téramond)	4 —	4 —
Le Serment du marin (avec E. Soudant)	4 —	2 —
Le Truc du Pharmacien (A. Lambert)	2 —	4 —
Gontran se marie (avec St-Paul) —	3 —	2 —

Nous rappelons à MM. les Directeurs qu'ils peuvent jouer indifféremment les pièces de l'une ou de l'autre société, en ne payant les droits d'auteurs qu'à la Société où la pièce a été déclarée.

NINIE LA ROUQUINE

Vaudeville en Un Acte

Par B. LEBRETON et E. BLAIRAT

PERSONNAGES :

LE MARQUIS PHILIDOR DE LA TOITURE. . . . . MM. Delphin.
NIB. D'OS, cambrioleur. . . . . Frémy.
DE RICHEFLAMME . . . . Richard.
LE VICOMTE DES RENIFFLES . . . . Delattre.
LE BARON DE VINDOUX . . . . Gabriel.

VIRGINIE, gigolette. . . . . Mᵐᵉˢ Mario.
PAMÉLA, femme du Marquis . . . . Nazaire.
ROSE, bonne. . . . . Odette.

A Paris de nos jours.

Mise en scène conforme à la représentation.

Un salon, une porte au fond; 1ᵉʳ plan droite, la chambre de Paméla. 1ᵉʳ plan gauche, la chambre du marquis. A droite une table de jeu. Une fenêtre à gauche 2ᵉ plan. Une lampe allumée sur la table. Une cheminée avec pendule, 2ᵉ plan droite.

SCÈNE PREMIÈRE

Le Marquis, Richeflamme, Paméla, Rose.

(Au lever du rideau, les trois premiers jouent aux cartes, le marquis face au public. Rose est assise à gauche; elle tricote.)

Le Marquis, *jouant.* (3)

Je coupe... trèfle... encore du trèfle... Et le dernier carreau qui est bon puisque les atouts sont tombés. J'ai gagné ! Je gagne 46 sous !

Rose, *à part.* (1)

Ce qu'on rigole dans cette baraque !

Richeflamme, *payant.* (2)

Voici, mon cher marquis.

Paméla, *au Marquis.* (4)

Et moi, je vous devrai 4 sous.

Le Marquis, *galant.*

Ma chère femme, vous me donnerez pour quatre sous d'affection !

Richeflamme et Paméla

Oh ! Charmant ! charmant ! .

(Dix heures sonnent à la pendule.)

Le Marquis, *se levant.*

Dix heures... Souhaitons-nous le bonsoir. Demain, nous recommencerons ces plaisirs délicats et doux !

Rose, *à part.*

Poil aux genoux !

Le Marquis

Mon cher cousin de Richeflamme, vous devez trouver cette demeure, où vous avez bien voulu descendre, un peu austère...

Richeflamme

Pas du tout !

Le Marquis

Ici, jamais une pensée, un mot risqué n'ont détonné.

Rose, *à part.*

Poil au nez !

LE MARQUIS

Ma femme est une branche d'églantine ; Rose elle-même, notre servante, est un bouquet de jasmin.

ROSE, *à part.*

Poil aux mains !

LE MARQUIS

Elle a eu quelques égarements en province, mais nous l'avons recueillie et la gardons à 'abri du mal. Notre maison est le temple de la vertu.

ROSE, *à part.*

Si ça ne fait pas suer !... (*Elle remonte en rangeant sa chaise*).

LE MARQUIS, *à Paméla.*

Ma chère femme, permettez-moi de déposer un baiser respectueux sur votre front. (*Il l'embrasse sur le front*). Et vous, Richeflamme...

RICHEFLAMME

Moi, je reste pour fumer un cigare. C'est une habitude !

LE MARQUIS, *lui serrant la main.*

Comme vous voudrez. Alors à demain ! Bonne nuit ! (*Il sort par la gauche 1er plan*).

ROSE, *à part, au fond.*

Enfin , Adhémar va pouvoir s'amener. Pourvu qu'il ait songé à mes jarretières !

PAMÉLA, *remontant, très-haut, à Richeflamme.*

Bonne nuit, mon cousin !

RICHEFLAMME, *la suivant un peu.*

Bonsoir, ma cousine ! (*Paméla sort par la droite 1er plan et Rose par le fond droite, en laissant la porte ouverte*).

SCÈNE II

Richeflamme, *puis* Paméla.

RICHEFLAMME, *seul.*

..Ouf ! s'il y a une justice sur terre. cet homme sera cocu ce soir ! (*Il va à la porte de gauche. — Ecoutant*). Le mari va se coucher. (*Il revient vers la droite*). Maintenant, vive l'amour !

PAMÉLA, *entr'ouvrant la porte de droite,*

On peut se risquer ?

RICHEFLAMME, (1).

Certes ! votre vieux mari s'est enfermé. Nous sommes bien seuls ! Ah ! Paméla !

PAMÉLA (2), *se jetant dans ses bras.*

Oh ! Nestor !

RICHEFLAMME

Que je vous aime ! C'est pour vous que j'ai quitté mon château, que je me suis installé chez ce vieillard embêtant ! Quand couronnerez-vous ma flamme, méchante ?... Entrons chez vous !

PAMÉLA

Oh non ! Ne sommes-nous pas bien ici, seuls ? (*Le vicomte. déguisé en cambrioleur, paraît au fond gauche. Il passe avec précaution sans voir le couple qui est à gauche*).

LE VICOMTE, *à part.*

Tout le monde dort, c'est le moment !

PAMÉLA, *le voyant.*

Un voleur ! Ah ! mon Dieu !
(*Elle se sauve dans sa chambre*).

LE VICOMTE, *s'arrêtant, à part.*

Sacristi ! pincé !...

SCÈNE III

Richeflamme, le Vicomte

RICHEFLAMME, (1) *prenant le vicomte au collet.*

Misérable ! canaille !

LE VICOMTE (2).

Tiens ! Richeflamme ! Que fais-tu ici ?

RICHEFLAMME, *étonné.*

Vous me connaissez ?

LE VICOMTE, *ôtant sa casquette.*

Farceur !

RICHEFLAMME

Le vicomte des Reniffles !

LE VICOMTE

Un peu, mon vieux ! Ah ! je comprends pourquoi tu es descendu chez ton cousin de la Toiture ! Elle est gentille, la marquise !

RICHEFLAMME

Pardon, il n'est pas question de la marquise... Ainsi, tu es cambrioleur ?

LE VICOMTE, *riant.*

Par occasion. Mon père m'ayant laissé 20.000 francs de rente, je n'ai pas eu besoin jusqu'ici de suivre cette carrière dangereuse.

RICHEFLAMME

Alors, c'est de la folie !

LE VICOMTE

Je vais t'expliquer... je suis amoureux de Rose.

RICHEFLAMME

La femme de chambre.

LE VICOMTE

Tu l'as dit ! Elle est pyrotechnisante ! Et quand tout dort, je viens rigoler avec elle dans sa chambre.

RICHEFLAMME

Si on te pinçait ?

LE VICOMTE

Oh ! moi, je m'en fiche ! mais c'est pour ne pas compromettre Rose que je me suis affublé ainsi.

RICHEFLAMME

Ah ! bon !

LE VICOMTE

Et puis je m'en tirerai toujours, j'ai un truc !

RICHEFLAMME, *tendant l'oreille.*

Eh bien, mon ami, tu peux l'employer, ton truc, car voici le marquis. Tu auras fait du bruit !

LE VICOMTE, *tranquillement.*

Qu'il vienne !

SCÈNE IV.

LES MÊMES, Le Marquis.

LE MARQUIS, *entrant de gauche (1).*

Qui s'est introduit chez moi ? un voleur, au secours !

LE VICOMTE (3), *bas, à Richeflamme.*

Crie aussi, toi. Tu peux y aller !

RICHEFLAMME, *à part (2).*

Ah ! bah ! *(Haut, criant)* Au secours ! au voleur ! au secours !...

SCÈNE V.

LES MÊMES, Paméla, *entrant,* Vindoux.

PAMÉLA, *entrant (3).*

Que se passe-t-il donc ?... Un voleur ?... *(Criant)* Au secours !...

LE VICOMTE, *à part, gagnant (4).*

Parfait ! mon truc va mordre !...

VINDOUX, *il entre par le fond, costume de gardien de la paix.*

Que vous n'appelleriez pas au secours, par hasard ?

TOUS

Un agent !

LE VICOMTE

Je suis pincé !

VINDOUX

Je passais dans la rue... j'ai entendu crier... Qu'y a-t-il ?

LE MARQUIS, *montrant le vicomte.*

Ce misérable s'est introduit chez moi !

VINDOUX, *descendant 4 et empoignant le vicomte.*

Eh bien, mon garçon, votre affaire est bonne !... Et ne résistez pas !

LE VICOMTE

Je ne résiste pas ! constatez que je ne résiste pas !

VINDOUX

Et puis, pas de menaces ! Suivez-moi au poste !

LE VICOMTE

Mais cependant...

VINDOUX

Pas de rouspétance. Maintenant, madame et messieurs, vous pouvez dormir tranquilles, je le tiens bien !

LE MARQUIS

Oh ! monsieur l'Agent ! Quelle chance que vous vous soyez trouvé là !

VINDOUX

Bonsoir la société. *(Au vicomte)* Allons, ouste ! au poste !

LE VICOMTE

J'y vais, mon agent ! *(Le vicomte et Vindoux sortent par le fond)* Constatez que je ne résiste pas !

VINDOUX

Pas de rouspétance !

SCÈNE VI

Le Marquis, Richeflamme, Paméla.

PAMÉLA (3).

Oh ! Mon Dieu ! quelle aventure !

RICHEFLAMME (2).

Ne vous effrayez pas !

LE MARQUIS, *passant 2. à Paméla.*

Ma toute belle, si je restais auprès de vous cette nuit ?

PAMÉLA, *à part.*

Oh ! non ! (*Haut*) Inutile... je suis rassurée !

RICHEFLAMME (1).

D'ailleurs, je fumerai deux cigares et veillerai sur la maison !

LE MARQUIS

Merci, Richeflamme ! Ce cambrioleur ! Quelle audace ! sans ce brave sergent de ville, il nous aurait peut-être massacrés ! *Frissonnant)* Brrr !... Enfin, allons dormir tranquillement. (*A Paméla*). Ma charmante, laissez-moi vous embrasser respectueusement sur le front. (*Il l'embrasse*).

PAMÉLA

A demain ! (*Elle sort par la droite*).

LE MARQUIS

Bonsoir, mon cousin, à demain ! (*Il sort par la gauche*).

SCÈNE VII

Richeflamme, *seul ; puis* Paméla.

RICHEFLAMME

Le vicomte est fou ! Il passera la nuit au poste. Que le diable l'emporte ! ça marchait si bien ! Pourvu que Paméla revienne ?

PAMÉLA, *entrebaillant la porte de droite.*

Psst !... je puis me risquer ?

RICHEFLAMME

Attendez ! (*Il va à gauche*) Oui, votre mari s'enferme... Cette fois, nous sommes seuls, bien seuls !

PAMÉLA, *se précipitant dans ses bras (2).*

Oh ! Nestor !..

RICHEFLAMME (1).

Oh ! Paméla ! (*Ils s'embrassent.*)

LE VICOMTE

Cette fois, j'espère que...

PAMÉLA, *le voyant.*

Ah !... Encore le voleur ! (*Elle se sauve dans sa chambre.*)

SCÈNE VIII

Richeflamme, Le Vicomte, Vindoux.

LE VICOMTE, (2)

Dis-donc, tu ne t'embêtes pas, toi !

RICHEFLAMME, *furieux.*

Mais c'est toi qui m'embêtes !

LE VICOMTE

Ne t'emballes pas... Je te laisse tranquille. Rose m'attend dans sa chambre, au fond du corridor. Tu pourras roucouler en paix !

RICHEFLAMME, *voyant entrer Vindoux.*

Comment l'agent t'accompagne ?

VINDOUX, (3)

Bien entendu. Nous faisons la noce ensemble.

RICHEFLAMME

Ah ! bah !

LE VICOMTE, *le présentant.*

Au fait, laisse-moi te présenter le Baron de Vindoux, dont tu as entendu parler. (*Au baron.*) Monsieur de Richeflamme.

VINDOUX, *saluant.*

Monsieur...

RICHEFLAMME, *de même.*

Monsieur...

LE VICOMTE

Comprends-tu le truc? Grâce à son costume, rien à craindre ; si on me surprend, il m'arrête et me relâche dans l'escalier.

RICHEFLAMME

C'est très ingénieux !

SCÈNE IX

LES MÊMES, Rose.

ROSE, *à part, entrant du fond droite.* (3)

J'ai entendu la voix du vicomte ! Le voici ! (*Haut.*) Venez, le gueuleton est prêt. (*Surprise*) Ah ! monsieur de Richeflamme !

RICHEFLAMME, *remontant un peu.* (1)

Mademoiselle, je vois que vous ne vous ennuyez pas ici.

ROSE

Dame, on tâche... vous n'êtes pas des nôtres ?

LE VICOMTE

Non, il a mieux à faire.

ROSE, *riant.*

Il a raison ! Ce serait dommage si ce vieux gâteux de marquis n'était pas cornu jusqu'au plafond, et il le sera !

TOUS *se tournant vers la chambre du Marquis.*

Oh ! oui, il le sera !

SCÈNE X

LES MÊMES, Le Marquis.

LE MARQUIS, *ouvrant brusquement la porte.*

Qu'est-ce que je serai ?

TOUS, *à part.*

Le marquis !

LE MARQUIS, (1).

Mais que vois-je ! Encore le voleur ! au secours !

RICHEFLAMME, (2).

Rassurez-vous, mon cher cousin !

LE VICOMTE, (3)

Je ne suis pas un voleur !

VINDOUX, (4),

Ni moi un agent.

LE VICOMTE

Richeflamme, présente-nous... (*Indiquant Paméla qui entre.*) Ainsi qu'à Madame la Marquise.

(*Rose est au fond puis descend extrême-droite.*)

SCÈNE XI

LES MÊMES, Paméla.

PAMÉLA, (4).

Qu'y a-t-il donc ?

RICHEFLAMME

Ma chère cousine, mon cher cousin... (*Les présentant.*)Monsieur le Vicomte des Reniffles. Monsieur le Baron de Vindoux.

LE MARQUIS, *gagnant* (2)

Ah ! bah ! mais pourquoi ces déguisements ?

LE VICOMTE

Je vais vous expliquer... (*A part.*) Qu'est-ce que je vais lui conter ?

ROSE, *à part* (5).

S'il s'en tire !..

LE VICOMTE, *cherchant ses mots.*

Voilà... Monsieur le Marquis, avez-vous entendu parler de la nouvelle ligue ?

LE MARQUIS

Quelle ligue ? Il y en a tant ?

LE VICOMTE

La ligue pour l'arrêt des jeunes bonnes sur la pente glissante du vice.

LE MARQUIS

La pente glissante du vice ?

LE VICOMTE

Oui, c'est une nouvelle association formée par des personnes de la haute société pour empêcher les jeunes domestiques de mal tourner.

LE MARQUIS

Ah ! c'est très bien !

VINDOUX

Mon ami et moi sommes délégués chez vous, où l'on nous a appris qu'il y avait une jeune fille qui glissait vertigineusement sur la pente du vice.

ROSE

C'est moi ! Oh ! oui ! ce que je glisse !

LE VICOMTE

Alors nous sommes venus l'arrêter aux bords du précipice !

LE MARQUIS

Vous croyez réussir ?

LE VICOMTE

Oui, déjà nous avons catéchisé Rose. Elle est moins, c'est-à-dire plus...

ROSE

Oh ! v'oui !... bien plus...

PAMÉLA

Mais ces costumes étranges ?...

LE VICOMTE

Sont obligatoires. Une tenue mondaine effraierait les gens des milieux où nous descendons.

Le Marquis

Il fallait me le dire. Je vous aurais laissés venir le jour.

Le Vicomte

Rose se serait méfiée ! (*solennel*). Notre œuvre est toute de dévouement obscur. Il y a des créatures qui ont besoin d'être prises à part.., et nous les prenons à part. Pauvres brebis égarées, nous les ramenons dans le droit sentier de l'honneur ! (*Il sort son mouchoir et s'essuie les yeux*). Nous risquons d'être pris pour des malfaiteurs... tant pis ! la vertu avant tout !

Le Marquis

C'est une belle œuvre ! (*Il sort son mouchoir et pleure*). Je dirai même plus... c'est une grande œuvre.

Vindoux, *pleurant à son tour.*

Aussi, lorsque vous accusiez mon ami, j'ai bien souffert ! Oh ! ma mère !

Richeflamme

Moi, je trouve cela admirable ! (*Il pleure.*) J'ajouterai même... admirable !

Paméla, *de même.*

Tant d'abnégation m'émotionne !

Rose

Et moi, idem! (*Elle pleure. Tous s'épongent les yeux*) Sans eux, je ramassais une pelle sur la pente du vice !...

Le Marquis, *au vicomte.*

Vous êtes nombreux pour ce noble apostolat ?

Le Vicomte

Une vingtaine. Tous déguisés. Nous faisant peuple pour mieux parler au peuple !

Le Marquis

Mais à quoi vous reconnaît-on, puisque vous vous déguisez ?

Le Vicomte

A quoi ?

Paméla

Oui ?

Le Vicomte, *à part.*

Bigre ! je !... oh ! quelle idée ! (*sortant une jarretière de sa poche*) A ceci !

Rose, *à part.*

Oh ! épatant ! mes jarretières !...

Le Vicomte, *de même.*

Zut ! j'en ai perdu une !

Le Marquis

Une jarretière ?

Le Vicomte

Oui, pour nous rappeler que nous nous adressons aux gens de *bas*.

Rose, *à part.*

Il a un rude culot !

Le Marquis

Si j'avais su... je vous demande pardon... alors... Rose, suivez ces Messieurs. (*Rose remonte au fond, au vicomte*) Vous resterez longtemps avec elle ?

Le Vicomte

Au moins deux heures... Il me faut bien ça !

Le Marquis

Bon ! je vais me recoucher puisqu'il n'y a pas de malfaiteurs.

Richeflamme

D'ailleurs, je fumerai trois cigares et veillerai sur vous !

Le Marquis

Merci, cher ami ! (*Serrant la main du vicomte*) Cela fait du bien de voir de telles choses en ce siècle de scepticismes. Bonne chance !...

Le Vicomte

Merci, monsieur le Marquis... Venez Rose. (*A part*) Eh allez donc !...

Rose, *bas au vicomte et à Vindoux.*

Fumistes ! (*Ils sortent par le fond*).

Le Marquis

Maintenant qu'ils sont partis, Bonsoir, ma chère Paméla. (*Paméla présente son front au marquis*) Respectueusement ! (*Paméla sort par la droite. A Richeflamme, en se dirigeant vers la gauche*) A propos, avez-vous entendu Rose et le vicomte prétendre que je serai... quelque chose ?... Quoi ? Pas trompé, bien certainement !... D'abord, je suis sûr de Paméla... Et puis, avec qui pourrait-elle me tromper ? (*Lui serrant la main*) Voyons, Richeflamme, avec qui ?

Richeflamme

C'est évident ! avec qui ? Bonsoir !

Le Marquis, *sortant à gauche.*

Bonsoir !...

SCÈNE XII

Richeflamme, *seul, puis* Paméla.

RICHEFLAMME (1)

Cette fois, c'est bien fini ! ouf !...

PAMÉLA (2), *entrant par la droite.*

Personne ne nous dérangera plus !... Nous sommes bien seuls ! Ah ! Nestor !

RICHEFLAMME (1)

Ah ! Paméla ! *(Ils s'embrassent).*

SCÈNE XIII

LES MÊMES, Nib. d'Os.

NIB. D'Os, *il entre par la fenêtre avec précaution.*

Personne dans la turne ?... Bath ! Allons-y ! faut cambrioler pour boulotter ! *(Montrant une jarretière qu'il tient à la main)* Et puis si je suis poissé, j' dirai que je rapporte ça que je viens d' trouver dans la rue ! ·

PAMÉLA, *le voyant, effrayée.*

Ciel ! un autre voleur ! *(Elle rentre vivement chez elle).*

RICHEFLAMME (2)

Encoré ? *(Prenant Nib. d'Os au collet)* Qui êtes-vous ?

NIB. D'Os (1)

Flûte ! Pigé ! *(Très piteux)* N' faites pas d' pétard ! J' vais vous expliquer.

RICHEFLAMME

Que voulez-vous ?

NIB. D'Os, *montrant la jarretière.*

C'est rapport à ça !

RICHEFLAMME

Une jarretière pareille à celle du vicomte ! C'était donc vrai ? Vous êtes de la ligue ?

NIB. D'Os

De la ligue ? *(A part)* Qu'est-ce que je risque ? *(Haut, avec aplomb)* J'en suis !

RICHEFLAMME

Eh bien, je dois vous prévenir qu'il y a déjà deux de vos collègues auprès de Rose.

NIB. D'Os, *ahuri.*

De mes collègues ?

RICHEFLAMME

Aussi, retirez-vous ! Je préfère vous donner mon obole pour votre œuvre de charité. Voici cent francs.

NIB. D'Os, *prenant le billet de banque.*

Un faflot ! à moi ?

RICHEFLAMME

Mais, partez !

SCÈNE XIV

LES MÊMES, Le Vicomte, Vindoux, Rose.

NIB D'Os, (1).

J'demande que ça ! *(Il remonte vers la fenêtre. A ce moment le Vicomte entre poursuivant Rose).* Zut ! du monde !

LE VICOMTE, (2), *à Rose, qui descend 3.*

Voyons, laisse-toi donc embrasser !

ROSE, (3).

Quand vous m'aurez payé mon mobilier en palissandre.

RICHEFLAMME, (4), *montrant Nib. d'Os au Vicomte.*

Attention ! Quelqu'un !...

VINDOUX, (2), *entrant, au Vicomte.*

Dis-donc, Adhémar... *(Voyant Nib. d'Os).* Qui êtes-vous ?

NIB. D'Os, *à part.*

Un agent ! je suis rousti ! Et la Rouquine qui fait le guet. *(Haut).* Ne m'emballez pas ! Je ne suis pas ce que vous croyez, monsieur l'agent !

VINDOUX

Moi non plus !

NOB. D'Os

Vous n'êtes pas de la Police ?

VINDOUX

Non !

NIB. D'Os

Si c'est permis de fiche des tafs pareils ! C'est donc ça que votre copain voulait bécoter la bobonne !

LE VICOMTE, *passant 2.*

Chut ! Tenez, voilà cent francs, ne parlez jamais de ce que vous venez de voir !

VINDOUX

Et partez !

Nib. d'Os

Encore un fagot ! Chouette !... (*Remontant vers la fenêtre*). Je m' carapate !

Rose, *voyant entrer le marquis, à part.*

Le patron. Je me sauve. (*Elle sort par le fond*).

SCÈNE XV

Les Mêmes, Le Marquis.

Le Marquis *entrant par la gauche.*

Mais on ne peut pas dormir, ce soir ? (*Voyant Nib-d'Os*) Un autre voleur ! Que je suis bête, c'est un ligueur.

Le Vicomte, *passant 2.*

Oui, M. le Marquis (*A part*) Ça va se gâter ! (*A Nib-d'Os*) Dites comme nous !

Nib-d'Os, *descendant 3.*

Hein ?

Vindoux

Oui, monsieur le Marquis, un autre ligueur! (*bas à Nib-d'Os*) Dites comme nous.

Le Vicomte.

Il est venu...

Nib-d'Os, *montrant la jarretière.*

Je suis venu...

Le Marquis

Je comprends... Il a la jarretière ! vous n'avez pas besoin d'insister. Monsieur, je vois que vous êtes de la ligue pour l'arrêt des domestiques sur la pente savonnée du mal !

Nib d'Os, *ahuri.*

Moi ?

Vindoux *et le* **Vicomte**

Parfaitement ! Il est des nôtres ! (*Ils font des signes à Nib-d'Os.*)

Le Marquis

Et je vous remercie d'avoir choisi ma demeure pour y déployer votre zèle !

Nib-d'Os, *à part.*

Il me remercie ! Il est loufoc.

Richeflamme

Ah ! voici la marquise !

Paméla, *entrant 5.*

Qu'y-a-t'il donc encore ?

SCÈNE XVI

Les Mêmes, Paméla.

Le Marquis, *passe 2.*

Ma chère amie, permettez-moi de vous présenter monsieur qui est aussi de la ligue du vicomte. (*A Nib d'Os*) Votre nom, je vous prie ?

Nib-d'Os

Nib-d'Os, de Montparno.

Le Marquis

De Montparno ! Encore l'aristocratie !

Paméla, *passant 4.*

Monsieur, c'est très beau ! Tous mes compliments.

Nib. d'Os

Compliments de quoi ?

Paméla a Nib. d'Os

Je m'intéresse beaucoup à votre œuvre, et serai heureux d'avoir quelques renseignements.

Nib. d'Os, *à part.*

Moi aussi.

Le Marquis, *avançant une chaise.*

Veuillez vous asseoir auprès de la Marquise.

Nib. d'Os

A côté de la patronne ? Ça biche ! elle est gironde ! (*Il s'assied de plus en plus ahuri.*)

Le Marquis, *s'asseyant.*

Il y a longtemps que vous vous livrez à cet apostolat ?

Nib. d'Os

Postolat ? S'il vous plaît ?

Paméla

Les résultats sont-ils favorables ?

Nib. d'Os

Heu ! vous savez, ça dépend. Suivant qu'on a la veine ou la guigne. (*Il se lève.*) Si je vous embête, j'aimerais autant caleter, maintenant que la recette est faite !

Tous, *le retenant.*

Au contraire... restez !

Nib. d'Os, *à part.*

Et la Rouquine qui poireaute ! (*Il s'assied.*)

LE MARQUIS

Excusez-nous de ne pas mieux vous recevoir. Nous allions nous coucher. Si nous avions été prévenus, nous vous aurions prié de partager notre repas.

NIB. D'OS

Ça serait tombé à pic ! J'ai plus un linvé !

LE MARQUIS

Un linvé ?...

PAMÉLA

Vous voudrez bien accepter un verre de liqueur ?

NIB. D'OS

C'est jamais de refus. J'ai un petit trottoir sur la langue... on le râclerait avec un balai de crin. Et puis, j'ai pas bouffé. Mon bistro à la paupière lourde. Si j'aurais su qu'on aurait le sourire dans cette turne, je m'aurais amené avant la croustille !

TOUS

Oh ! Charmant ! charmant !

NIB. D'OS, *à part.*

Qu'est-ce que c'est que ces toqués-là ?

LE MARQUIS, *appelant.*

Rose.

ROSE, *entrant.*

Monsieur le Marquis !

LE MARQUIS

Apportez des liqueurs.

ROSE

On y va ! *(Elle sort par le fond).*

PAMÉLA, *à Nib. d'Os.*

Cela doit avoir un montant particulier, cette occupation : Vous exploitez un nouveau filon de charité.

RICHEFLAMME

Sans compter l'attrait de l'inconnu.

VINDOUX

Les surprises de la chasse au bien !

LE VICOMTE

Le grain de sel dans la fade quiétude de l'existence.

LE MARQUIS

Vous vous introduisez partout ?

NIB. D'OS.

Jamais ! Jamais ! c'est la première fois... *(Le Vicomte et Vindoux lui font des signes).* Ah ! toujours ! le plus que je peux !

PAMÉLA

Et vous réussissez souvent ?

NIB. D'OS.

Des fois il y a des mufles qui crient « au voleur ! » qu'on n'a pas seulement dévissé leur serrure. Même qu'on y renoncerait pour s'établir *phormacien !*

LE MARQUIS, *riant.*

Ah ! phormacien ! Vous dites cela avec une conviction ! Ça fait du bien de voir des nobles cœurs comme vous !

ROSE, *entrant avec un plateau servi.*

Voici Monsieur le marquis. *(Elle descend entre le Marquis et le Vicomte puis sert tout le monde).*

LE MARQUIS, *offrant un verre à Nib. d'Os.*

Monsieur de Montparno... vous descendez des croisés ?

NIB. D'OS.

Ça m'arrive quéquefois. *(Trinquant).* A la tienne, mon vieux frangin !

TOUS, *se levant et trinquant.*

Charmant ! Exquis ! à la tienne, mon vieux frangin !

PAMÉLA

Est-il nature !

VINDOUX

Il est parfait ! *(On entend Virginie crier au dehors).* Pi... ouit... Pi... ouit...

TOUS

Qu'est-ce que c'est que ça ?

NIB. D'OS

Bon ! v'là la Rouquine qui se fait des cheveux !

TOUS

La Rouquine ?

NIB. D'OS

Ninie... Ma gonzesse... ma largue... ma femme, quoi !

PAMÉLA

Madame de Montparno ?

NIB. D'OS

Oui.

TOUS

Faites-là venir !

NIB. D'OS, *hésitant.*

C'est que... je vas vous dire...

TOUS

Oh ! si... si...

LE MARQUIS

D'ailleurs, je me précipite pour lui offrir mon bras ! *(Il sort par le fond).*

PAMÉLA

Quelle délicieuse surprise ! combien j'aurai de plaisir à faire sa connaissance ! *(Virginie entre donnant le bras au Marquis).*

SCÈNE XVII

LES MÊMES, Virginie.

NIB. D'OS, *à part, passant 1.*

Ce qu'elle va être épatée, Ninie !

TOUS, *saluant Virginie.*

Madame... *(Le Vicomte remonte et prend le n° 6).*

VIRGINIE, *costume et allures de pierreuse, n° 2.*

Bonsoir la compagnie ! *(A Nib. d'Os).* Ah ! t'es-là, toi ? j' savais pas ce qui t'arrivait !

PAMÉLA (4).

Madame, recevez mes compliments ! ce que vous faites est superbe !

VIRGINIE

S'il vous plaît ?

LE MARQUIS (3).

Devenir humble pour sauver les humbles, se déguiser en rôdeuse pour descendre dans les bas-fonds sociaux et y pêcher des âmes, c'est sublime !

VIRGINIE, *qui l'a regardé, ahurie, à Nib. d'Os.*

Dis-donc, qu'est-ce qu'il roucoule, ce ra-corni ?

NIB. D'OS, *bas.*

Blague pas ! c'est des gens chouettos ! c'est moi que je te le dis !

VIRGINIE, *apercevant Vindoux.*

Un agent !...

VINDOUX

Ne craignez rien !

VIRGINIE

Et celui-là ? un bonneteur ! où nous som-mes-nous fourrés ?

PAMÉLA

Madame, rassurez-vous, ces messieurs appartiennent comme vous, à la meilleure aristocratie.

VIRGINIE

Comme nous ? Eh ben, t'en as une santé !

PAMÉLA, *les présentant.*

Monsieur le vicomte des Reniffles, Mon-sieur le baron de Vindoux, Le chevalier de Richeflamme.

VIRGINIE

Mazette ! c'est pas de la roupie de singe ! *(Elle fait une révérence comique)* Messieurs... alors, c'est comme qui dirait un bal masqué ?

LE MARQUIS

Vous devez connaître ces messieurs, puis-qu'ils font partie de votre ligue.

VIRGINIE

De notre ligue ? *(Bas, à Nib. d'Os)* Dis-donc, Nib. d'Os...

NIB. D'OS, *bas.*

Quoi ?

VIRGINIE

Quéqu'c'est que ces masques ?

NIB. D'OS

Je sais pas. Ils m'ont donné des fafiots de cent balles pour pas dire ce que j'avais vu.

VIRGINIE

Qu'est-ce que t'avais vu ?

NIB. D'OS

Rien.

VIRGINIE

C'est peut-être des faux-monnayeurs ?

NIB. D'OS

Ou des recéleurs ?

VIRGINIE

Il y a un coup à faire ! Faut les séduction-ner ! Tu vas voir ! *(Elle revient au marquis)* Pour lors, mon gros, vous donnez une soirée ?

LE MARQUIS

En votre honneur !

VIRGINIE

C'est une bath idée ! on n'en donne pas tous les jours des soirées en mon honneur !

LE MARQUIS

On a tort.

VIRGINIE

Tu parles ! Pourtant, l'autre nuit, on a soupé chez la grande Clara avec des entrepreneurs de bâtisse, un gueuleton épatant ! Il y avait de l'homard ! seulement, comme toujours, ça a fini par des pains !

LE MARQUIS

Des pains de foie gras ?

VIRGINIE

Mais non, eh truffe !

LE MARQUIS

De foie gras truffé ?

VIRGINIE

Non, des pains qu'on s'est envoyés sur la cafetière !... Il y a des gens qui savent pas s'amuser ! moi, j'aime pas qu'on se détériore le ciboulot ! un coup de torchon de temps en temps, je dis pas ! j'ai pas plus de rancune qu'une girafe.

LE MARQUIS

C'est merveilleux que vous soyez arrivée à vous imprégner de ces façons !

VIRGINIE

Imprégner ?... Ah ! c'est pas tout ça ! puisque c'est une soirée, on doit gambiller ! oùs qu'est la musique ? j'irais bien d'un coup de chahut, moi !

LE MARQUIS

D'un coup de chahut ?

VIRGINIE

Oui, si qu'on danserait ?

PAMÉLA

Il y a un piano à côté, dans le salon.

LE VICOMTE

Vindoux, toi qui tapotes, tu pourrais nous jouer une polka.

VINDOUX

Avec plaisir ! (Il sort par le fond droite).

NIB. D'OS, bas à Virginie.

Occupe-les, pendant que je vais visiter les tiroirs.

VIRGINIE

As pas peur ! Vas-y, mon homme !... (Nib. d'Os sort peu d'instants après, fond gauche.)

SCÈNE XVIII

LES MÊMES, moins Vindoux et Nib. d'Os.

VIRGINIE, au marquis.

Vous, le gros père, voulez-vous la suer avec moi ?

LE MARQUIS (2)

La suer ?

VIRGINIE

La danser, quoi !

LE MARQUIS

Avec bonheur ! mais comme vous avez bien pris les façons des filles des rues !

VIRGINIE

Je te crois !... Allons, les autres, chacun la sienne ! (Criant au dehors.) Eh là-has ! le vin blanc, tapez dur !

(On joue une polka au piano, Rose entre du fond passant 4.)

RICHEFLAMME, à Paméla.

Ma cousine, voulez-vous me faire l'honneur.

PAMÉLA

Volontiers !...

RICHEFLAMME, bas.

Ah ! Si vous saviez !... je bous ! je brûle ! j'éclate !...

PAMÉLA, bas.

Je m'en doute.

(Ils sortent en polkant fond droite.)

LE VICOMTE, allant à Rose.

Mademoiselle... voulez-vous me faire le plaisir...

ROSE, faisant des manières, 3.

Monsieur le Vicomte... (Bas.) Crois-tu qu'il a une couche, le patron ?

LE VICOMTE, bas, 4.

Dis donc, si nous profitions de l'occasion pour... filer nous aimer chez toi ?

ROSE

Tu sais ce que je t'ai dit :... Jamais dans ma chambre ! Je veux être aimée dans du palissandre !

LE VICOMTE

Allons dans celle de ta maîtresse ! (Il l'entraîne vers la droite.)

ROSE

Tu n'es pas fou ?

LE VICOMTE, (4)

Ce n'est pas là qu'on viendra nous chercher. Et puis, j'ai un truc ! Je suis plein de trucs ! Distrais ton patron une séconde !

ROSE, (3).

Je ne comprends pas ! Mais pourvu qu'on rigole ! (Allant au Marquis.) Monsieur le Marquis... (Elle lui parle bas en remontant avec lui.)

LE VICOMTE, allant vivement à Virginie, bas.

Vous savez que je n'avale pas votre blague !

VIRGINIE, (1).

Qué blague ?

LE VICOMTE, (2).

Ça ne fait rien ! Cent francs si vous occupez le vieux pendant une heure !...

VIRGINIE, bas.

Cent balles ! Je marche ! (Clignant de l'œil) Calelez, les amoureux ! (Appelant le Marquis.) Ici, mon gros lapin !

LE MARQUIS, allant à elle.

Son gros lapin !

LE VICOMTE, bas à Rose.

Et maintenant, au paradis !
(Ils sortent en polkant par la chambre de Paméla à droite.)

SCÈNE XIX

Le Marquis, Virginie.

VIRGINIE, au Marquis.

Allons-y, bibi ! (Fredonnant l'air en polkant). Tralalala ! Sapristi ! vous êtes encore vert comme un poireau ! Quel jarret !

LE MARQUIS

Trop aimable !

VIRGINIE

Oh ! moi, l'amabilité, c'est de naissance ! Du reste, j'ai des bottes de qualités ! (S'arrêtant brusquement). Comment me trouvez-vous ?

LE MARQUIS

Très bien ! Oh ! très bien ! votre beauté un peu sévère s'illumine...

VIRGINIE

Ma beauté sévère ! Oh ! ben !... mince alors !

LE MARQUIS

Si ! vous avez une crânerie superbe ! Si j'avais quelques années de moins, je m'enflammerais pour vos charmes !

VIRGINIE, (1).

Faut pas vous gêner !

LE MARQUIS, (2).

Vous ne m'en voudriez pas de vous trouver adorable?

VIRGINIE

Cette malice ! ça fait toujours plaisir de s'entendre dire qu'on n'est pas plus mouche qu'une autre !

LE MARQUIS

Mouche ?

VIRGINIE

Blèche, quoi ! toquarde !...

LE MARQUIS

Blèche ! toquarde !

VIRGINIE, regardant au fond.

V'là les autres, esbignons-nous une seconde Et si vous avez un pépin pour ma poire, faut le dire. Moi, votre citron me revient !

LE MARQUIS, ahuri.

Votre poire ! mon citron !

VIRGINIE, l'entraînant.

Et aye donc ! n' fais pas le Jacques ! (Ils sortent en dansant par la fond gauche. Richeflamme et Paméla entrent en dansant par le fond droite).

SCÈNE XX

Richeflamme, Paméla.

PAMÉLA (1).

Oh ! Nestor, vous êtes trop exigeant !

RICHEFLAMME (2)

Pas du tout ! Puisqu'il n'y a pas moyen d'être seuls ici, allons dans votre chambre ! (Il l'entraîne vers la droite).

PAMÉLA, l'arrêtant,

Dans ma chambre ? jamais ! Et mon mari ?

RICHEFLAMME

Alors, allons dans la sienne. Ce sera encore plus excitant !

PAMÉLA

Vous êtes cynique !

RICHEFLAMME

Et puis, j'en ai assez de ces rendez-vous dans un salon où se rencontrent tous les cambrioleurs de Paris !

PAMÉLA

Je ne suis pas allé les chercher !

RICHEFLAMME

Ni moi non plus ! Aussi, il faut qu'ils nous servent !

(Au fond paraissent le marquis et Virginie polkant).

SCÈNE XXI

LES MÊMES, Le Marquis, Virginie.

RICHEFLAMME

Enfin, j'ai supporté votre mari plus de huit jours, ça mérite une récompense !

PAMÉLA

Et moi qui le supporte depuis deux ans !

RICHEFLAMME

Ce sera aussi votre récompense ! *(Le marquis laissant Virginie qui s'assied au fond, vient vivement entre Paméla et Richeflamme). C'est entendu ?*

PAMÉLA

Eh bien, oui !

LE MARQUIS (2), *passant la tête entre eux deux.*

Qu'est-ce qui est entendu ?

PAMÉLA (1)

Oh ! vous m'avez fait peur !

LE MARQUIS

Ce n'est que moi ! Vous parliez de quoi ?

RICHEFLAMME (3)

De rien d'intéressant pour vous.

LE MARQUIS

Je le pense bien. Mais, je suis poursuivi par la parole de Rose... que je serai cocu !... mais par qui, voyons, par qui ? *(Il parle bas à Paméla).*

RICHEFLAMME

C'est évident, par qui ? *(Vivement, à Virginie)* Cent francs. si vous amusez le marquis pendant une heure !

VIRGINIE, *à part.*

Lui aussi ! *(Haut).* Cent balles ! je remarche ! Cavalez avec la gonzesse. J'ai compris ! *(Haut au Marquis)* Pst ! Dis donc, chéri, radine.

LE MARQUIS, *passant (3).*

Chère Madame, je radine.

RICHEFLAMME, *à Paméla.*

Venez, c'est fait ! *(Ils sortent en polkant par la chambre du marquis).*

SCÈNE XXII

Le Marquis, Virginie.

VIRGINIE, *les regardant partir (2).*

Eh ben, c' qu'ils s'occupent ici, les amoureux !

LE MARQUIS

Que me voulez-vous, chère madame ?

VIRGINIE

Rien que ta société, mon vieux fil d'acier.

LE MARQUIS

Pardon, Philidor.

VIRGINIE

Philidor, ça, c'est un nom rupin !

LE MARQUIS

Vous trouvez ?

VIRGINIE

Parole ! Dis-donc, Philidor, tu connais la rue des Canettes ?

LE MARQUIS, *à part, ravi.*

Elle me tutoie ! *(Haut.)* La rue des Canettes ? non !

VIRGINIE

C'est une rue très chic ! près St Sulpice.

LE MARQUIS

Le quartier aristocratique. C'est là que vous demeurez ?

VIRGINIE

Au 64. Tu viendras me voir, hein ?

LE MARQUIS, *à part.*

Un rendez-vous ! *(Haut.)* Madame. ce me serait une joie infinie... mais votre mari, M. de Montparno ?

VIRGINIE

T'en inquiètes pas !

LE MARQUIS, *se posant en passant* (1).

Alors, vous me trouvez à votre goût?

VIRGINIE

J'en ai eu de plus dégetés que toi ! viens, on rigolera ! Tiens voilà ma carte.

LE MARQUIS, *lisant* (2).

Nini la Rouquine.

VIRGINIE

Au 2ᵉ à droite. Pas à gauche, c'est les commodités, à droite. Il y a une sonnette avec un ruban bleu. Entre quatre et cinq.

LE MARQUIS

Madame, vous me comblez !

VIRGINIE

Viens de préférence le vendredi. C'est le jour chic. Et n'oublie pas la braise !

LE MARQUIS

La braise ! Il n'y a pas de feu?

VIRGINIE, *lui tapant sur les joues.*

Si, toujours un bon feu ! C'est entendu, gros loup !

LE MARQUIS, *ravi.*

Gros loup !
(*La musique cesse*).

SCÈNE XXIII

Le Marquis, Virginie, Vindoux

VINDOUX, *entrant au fond droite* (1).

Avez-vous bien dansé?

VIRGINIE

J'te crois ! Et ça dérouille les guibolles. D'ailleurs, vous jouez de l'orgue comme un lapin blanc ! (*Elle lui donne des cartes de visite, bas*). Prenez ça !

VINDOUX

Pourquoi faire ?

VIRGINIE, *bas.*

Prenez-donc, c'est ma carte. j'en ai mis cinq ou six pour vos copains.

VINDOUX, *lisant.*

Nini La Rouquine, 64, rue des Canettes.

VIRGINIE

Venez le jeudi, c'est le jour chic !

VINDOUX

J'irai !

VIRGINIE

Seulement, apportez de la galette.

VINDOUX, *étonné.*

De la galette ? On déjeunera donc ?

VIRGINIE, *à part.*

Quelle cruche ! Et Nib-d'Os qui n'revient pas? y doit barbotter ferme dans les armoires ! faut continuer à les amuser !... (*Haut*). Maintenant je vais vous envoyer une chanson. comme ça se fait dans le monde chic.

VINDOUX ET LE MARQUIS

Oh ! oui !

VIRGINIE

Une romance d'amour.

LE MARQUIS

Morale, au moins?

VIRGINIE

J'en connais pas d'autres.

LE MARQUIS

Pardon, je voudrais que la marquise l'entendit ! Où est-elle donc ?

VIRGINIE, *vivement.*

Là, à côté; elle jabote avec mon homme.

LE MARQUIS

Monsieur de Montparno? C'est différent ! mais je ne vois pas Richeflamme, et... (*Il remonte.*)

VIRGINIE

Eh bien, quoi ! Quand je vais chanter, vous me plaquez ! Ici, Philidor !... Radine.

LE MARQUIS, *descendant 3.*

Je re-radine... Elle est étonnante !

VIRGINIE

Ouvrez vos esgourdes !

LE MARQUIS

Vos esgourdes ?

VIRGINIE, *lui montrant ses oreilles.*

Tes plats à barbe... 1ᵉʳ couplet ! (*Chantant.*)

(Musique nouvelle de Piccolini.)

J' possédais un chouett' petit homme,
Le plus bath de Ménilmontant ;
Il me flaupait, fallait voir comme
Et pour ça, je l'avais dans l' sang !
Mais en dégringolant un pante
Y s'a fait conduire au dépôt...
J'peux pus lui fair' sa petit' rente.
J' me gris' plus d' l'odeur de sa peau !
Depuis qu'il est à la Nouvelle
J' fais que chiailler comm' une gazelle ;
Il a z'emporté mon bonheur
A la point' de ses accroch'-cœurs !

Tous

Bravo ! bravo !

Le Marquis

C'est curieux commes les langues étran-
gères envahissent tout maintenant... « *Flaupait* »... « *Chiailler* »... est bien certainement
de l'anglais.

Virginie, *riant.*

Eh ben, c'que t'en as un sac !

Le Marquis

Par exemple, il y a un mot que vous pro-
noncez mal... Ce n'est pas « dégringoler un
pante », mais bien dégringoler une *pente !* »
Qu'il faut dire.

Virginie

Mais non, eh ! moule !

SCÈNE XXIV

Les Mêmes, Nib. d'Os.

Le Marquis

Oh ! Elle va trop loin !

Nib. d'Os, *entrant vivement du fond gauche,*
bas à Virginie.

Fichons le camp ! j'ai barbotté 12 couverts,
des toquantes et des morlingues.

Virginie, *de même.*

Attends une seconde... j'ai 200 balles à
palper... faut goualer encore ! (*Criant*).
2ᵉ couplet. (*Nib-d'Os, inquiet, remonte au fond*).

C'était un type plein de finesse
Y avait pas mèche d'y monter l' coup ;
Et la plus girond' des ménesses
Pour lui aurait tout mis au clou !
Mais avec lui fallait qu'on trime...
Ah ! c'est qu'c'était pas un flémard !
Quant à mes amants anonymes
Il les dégotait au plumard !
Depuis qu'il est à la Nouvelle.
Etc.
(La musique continue piano).

Le Marquis *et* Vindoux

Bravo ! Divin ! Exquis !...

Le Marquis, *à part.*

Elle a un montant ! ah ! bien sûr que j'irai
la voir ! mais si ma femme... Ah ! ça que
fait-elle donc à la fin ? (*Écoutant vers la porte
de droite*) Qu'est-ce que j'entends ? Des
baisers... Des baisers... Dans la chambre de
Paméla ! Sac-à-papier (*Il entre vivement à
droite. Vindoux est remonté près de Nib-d'Os*).

SCÈNE XXV

Les Mêmes, **Paméla**, **Richeflamme**,
puis **Rose** *et* **Le Vicomte**.

Virginie

Gare le chambard ! (*Courant vers la porte
gauche*) Paix ! paix ! v'là le vieux !

Paméla, *sortant très rouge.*

Quelle émotion !

Richeflamme. *la suivant* 2.

Il était temps ! (*A Virginie*) Voici pour
vous. (*Il lui donne un billet de banque*).

Virginie 3

Merci, mon prince !

Le Marquis, *amenant Rose, le bonnet de travers*
et rajustant son tablier.

Sortez, femme adultère !

Tous

C'est Rose !

Le Marquis, *avec joie.*

Rose ! ah ! j'ai eu une peur !...

Paméla, *à part.*

Et moi donc ?

Le Vicomte, *venant 3 et donnant un billet de banque à*
Virginie, bas.

Voilà !

Virginie, *empochant.*

Merci, bibi ! c' que ça rapplique !

Paméla, *à Rose, d'un ton sévère.*

Que faites-vous dans ma chambre ?...

Le Vicomte

C'est moi, madame, qui ai voulu mettre la
dernière main à sa conversion. Ça a été rude,
mais c'est fait ! (*Il gagne l'extrême droite en-
suite)*.

*Paméla, Richeflamme, Nib. d'Os, Virginie,
Le Marquis, Rose, Le Vicomte.*

Le Marquis

Est-ce vrai, Rose ?

Rose, *baissant les yeux.*

Oui, M. le Marquis, c'est fait !

Richeflamme, *bas à Paméla.*

Nous aussi c'est fait.

Paméla

Chut !...

Le Marquis

Eh bien, pour fêter cette heureuse conversion si on soupait ?

Tous

Oh ! oui !

Nib. d'Os, *à part.*

Bigre !

Le Marquis

Rose, allez préparer un petit festin. (*Rose sort, bas, à Virginie*). Vous m'avez mis en train.

Nib. d'Os, *bas à Virginie.*

Ninie, esbignons-nous, il n'est que temps...

Virginie

Non, vrai ! j' fais pas des magnes, mais c'est l'heure d'aller se pieuter.

Tous

Se pieuter ?

Nib. d'Os, *s'approchant du Marquis dont il vole la montre.*

Oui, quoi ?... Roupiller, pioncer, dormir...

Paméla

Nous le regrettons.

Virginie

Tout de même, merci de votre chouette réception.

Richeflamme, *avec intention.*

C'est nous qui vous remercions.

Le Vicomte *et* Paméla

Oh ! oui.

Nib. d'Os, *tapant sur l'épaule de Richeflamme.*

J' vous promets que j'emporte des souvenirs de vous. (*Il lui vole sa montre*).

Le Marquis

Dame, la vertu est toujours récompensée.

Virginie, *riant en dessous.*

Oh ! ta bouche, bébé !

Nib. d'Os, *qui est remonté près de la porte du fond.*

Non, ce que vous en avez une couche ! (*Il disparaît*).

Virginie, *du fond.*

Adieu, tas de daims !... (*Elle disparaît aussi par le fond*).

SCÈNE XXVI

Le Marquis, Paméla, Richeflamme,
le Vicomte, Vindoux *puis* Rose.

Tous, *riant.*

C'est charmant... Exquis !

Le Marquis

Ce qu'ils sont amusants.

Paméla

Et nature.

Le Marquis

Mais quelle heure est-il donc qu'ils sont si pressés de... se pieuter !... Tiens, je n'ai plus de montre... On me l'a volée !

Richeflamme (2), *cherchant.*

La mienne aussi.

Le Vicomte

Où est ma bague ?

Paméla (1)

On m'a pris mon porte-bonheur !...

Rose, *entrant vivement (4).*

Monsieur, tout est bouleversé dans la salle à manger, on a volé l'argenterie.

Vindoux (6)

Je me souviens que j'ai vu M. de Montparno entrer dans la salle à manger.

Le Marquis (3)

Mais alors ce sont de vrais voleurs... Et moi qui croyais... (*Courant à la fenêtre*) Au voleur !... Arrêtez-les !...

Paméla

Des voleurs... oh ! je me trouve mal ! (*Elle tombe sur une chaise à gauche. Richeflamme s'empresse autour d'elle.*)

Rose

Des voleurs... oh ! j'ai le trac... (*Elle tombe sur une chaise à droite. Même jeu de scène pour le vicomte*).

Le Marquis, *criant à la fenêtre.*

Au voleur !... Arrêtez-les ! Au voleur !...

(*Au moment où le rideau baisse, le vicomte et Richeflamme profitent de ce que le marquis est à la fenêtre pour embrasser Paméla et Rose. Vindoux au fond rit très fort en voyant ce tableau*).

RIDEAU

Vannes. Imp. LAFOLYE, 2, place des Lices. 2309-1900.

AUTEURS	TITRES DES ŒUVRES	Hommes	Femmes	Prix nets
Moreau-Gramet	Famille Nitouche (La)	3	4	loc.
Lebreton-Moreau	Farces du Printemps (Les) d	7	4	loc.
St-Agnan Choler	Faut du prestige (vaud.) d	3	2	loc.
Lebreton-Duroc	Faut que j'casse la g. à Baptiste d	4	3	loc.
Flers	Femina d	troupe	»	loc.
Ch. Gabet	Femme de Valentino (La) d	»		loc.
F. Chaudoir	Fête à Claudine (La)	1	1	4 »
E. Duhem	Fête à M. le Maire (La)	3	2	4 »
Dorfeuil-Bouvet	Fiancé des Nourrices (Le) d	troupe	1	loc.
Javelot	Fiancés berrichons (Les)	1	4	3 »
Soulié	Fiancés du bonnet de coton (Les)	1	1	5 »
L. Vasseur	Fichue idée d	2	1	5 »
Brigliano-Talber	Fichue situation d	4	4	loc.
Liouville	Fièvre phylloxérique (La)	3	2	4 »
Berthe	Fille du charpentier (La)	3	1	5 »
Lebreton-Moreau	Fille du marin (la) d	8	7	loc.
Lebreton-Soudant	Filles de la Cantinière (Les) d	troupe	»	loc.
Lebreton-Moreau	Fils à Papa (Le) d	troupe	»	loc.
Chaulieu et Bataille	Fils de M. Alphonse (Le)(vaud.)d	troupe	»	loc.
Duroc-Mailfait	Five O'Clock de la Baronne	7	2	loc.
Villebichot	Fleuriste et typographe	1	1	5 »
Lebreton-Talber	Foire aux nichons (La) d	7	7	loc.
Pradels-Quinel	Fosse aux ours (La)	troupe	»	loc.
Divers	Françoise les bas bleus d	troupe	»	loc.
Moreau-Soudant	Francs-tireurs de la mort (Les)	troupe		loc.
Lebreton-Beissier	Frangine (La) d	troupe	»	loc.
Divers	Fantrognon d	8	11	loc.
Lebreton-Moreau	Frère de lait (Le)	1	2	4 »
Carin-Tomy	Friper's and Co d	troupe	»	loc.
Lebreton-Moreau	Friquet d	9	7	loc.
Cieutat	Furet (Le)	»	1	4 »
Moreau-Touzé	Gai gai mariez-vous !	4	3	loc.
Moreau-Darsay	Gaîtés du bastion (Les)	5	3	loc.
Divers	Gavroche et Loup de mer	1	1	loc.
Froyez-Colias	Grand Duc Moleskine (Le) d	6	6	loc.
Lefort	Grand papa de la chanson (Le) d	1	1	3 »
Lebreton-Blairat	Grenouille (La) d	4	2	loc.
Moreau-Marcus	Grève des facteurs (La)	2	2	loc.
M.-Brisac	Guerre aux hommes (La) d	6	7	loc.
Lebreton-Nicolai	Gueule d'Or d	6	6	loc.
Lebreton-Moreau	Héritière de Carapattas (L') d	8	8	loc.
Villebichot	Hirondelles de la rue (Les)	»	2	3 »
Lebreton-Blairat	Homme pâle (L') d	4	2	loc.
Lebreton-Duroc	Hôtel d'Artistes d	troupe	»	loc.
Lebreton-Duroc	Hôtel de Noblepanne d	4	4	loc.
Darantière et Bouvet	Hôtel du lac bleu (L') d	7	6	loc.
Dourel-Jost	Hôtel modèle d	7	7	loc.
Autigeon-Dourel	Hypnotiseur malgré lui (L') d	3	2	loc.
Moniot	Jacotte	1	1	5 »
Liger-Aubrun	J'ai perdu Virginie	3	1	loc.
Nargeot	Jeanne, Jeannette et Jeanneton d	2	3	8 »
Michiels	Jefque et Trinne	1	1	4 »
Lebreton-Soudan	J'épouse ma bonne d	5	4	loc.
A. Perronnet	Je reviens de Compiègne	»	1	4 »
Bernicat	Jeunesse de Béranger (La)	3	1	6 »
Lebreton-Moreau	Jocrisses du mariage (Les) d	troupe	»	loc.
B. Lebreton	Joies du divorce (Les) d	troupe	7	loc.
L. Collin	Journée aux soufflets (La)	1	1	4 »
Fransois-Derys	Julie d	1	1	loc.
Herpin	Ki-Ki-Ri-Ki d	troupe	»	loc.
Soudant	Lâchée	5	1	loc.
Robillard	La vengeance de Ramoli	2	1	4 »
Desormes	Leçon de musique (La)	1	1	4 »
J. Clérice	Léda d	troupe	»	loc.
Cazaneuve	Loi du pal (La) d	troupe	»	5 »
Herpin	Lune de Miel (La) d	4	1	loc.
Moreau-Gramet	Ma Colonelle	2	2	loc.
Clairville fils	Madame la baronne d	1	1	4 »
Wachs	Madame le docteur	2	1	4 »
V. Roger	Mademoiselle Louloute	2	2	5 »
Bessière-Marinier	Maire et Martyr d	3	2	loc.
Talexy	Maître Grelot	3	2	7 »
Bouvet	Major Purjotin (Le)	4	3	loc.
Moyne-Jacoutot	Mamzelle Claudinette d	3	2	loc.
T'ar Nemo Celval	Mamzelle Culot	troupe	»	
De Lajarte	Mam'zelle Pénélope d	3	1	7 »
Fransois	Mandat (Le) d	troupe	»	lo
Jouhaud	Mariages riches	1	1	3 »
Moniot	Marianne et Jeannot d	1	2	8 »
Tollet	Marié sans l'être	4	»	3 »
Moreau-Duroc	Maris jaloux (Les)	5	2	lo
Simiot	Mariés de Nanterre (Les)	1	2	4 »
Gresset-Bernard	Méfiez-vous d'Oscar d	2	2	loc.
E. André	Melon (Le)(monologue saynète)	1	»	2 »
Moreau	Ménage Poire	troupe	»	loc.
Desormes	Menu de Georgette (Le)	3	2	8 »
Ch. Gabet	Mérite des femmes (Le) d	4	4	loc.
Moreau-Boucherat	Médjidié (Le)	3	1	loc.

AUTEURS	TITRES DES ŒUVRES	Hommes	Femmes	Prix nets
Soudant	Mimi Vadrouille	troupe	»	loc.
Lebreton-Moreau	Miss Kissmy d	5	5	loc.
Beissier	Miss Million d	troupe	»	loc.
Bessier-Moreau	Môme aux Camélias (La) d	troupe	»	loc.
Bessière-Ruffier	Môme aux grands yeux (La) d	8	6	loc.
Chassaigne	Monsieur Auguste d	1	1	3 »
Garnier-Vallès	Monsieur ma belle-mère	2	3	loc.
Lebreton-Moreau	Monsieur Sans Gêne d	troupe	»	loc.
Blairat-Neuillet	Mouche (La) d	troupe	»	loc.
Moreau-Touzé	Mouche du Coche (La) d	4	2	loc.
Joly	Myope et presbyte d	1	1	4 »
Desormes	Nègre de la Porte St-Denis (Le)	3	3	3 »
E. Lhuillier	Nez enchanté (Le)	1	1	3 »
Lebreton-Blairat	Ninie la Rouquine d	5	3	loc.
Dorfeuil-Moreau	Le Nez de Cyrano d	troupe	»	loc.
Herpin	Noce à Grospoulot (La)	5	7	loc.
F. Barbier	Noce à Suzon (La)	1	1	4 »
L. Collin	Noces d'or (Les)	2	1	5 »
Bouvet-Darantière	Nos bons tourists d	5	4	loc.
Moreau-Gramet	Nos petites Chattes	3	5	loc.
Dorfeuil-Guillemaud-Duharnois	Nos pioupious d	troupe	»	loc.
Lebreton-Moreau	Nos voisins d	6	6	loc.
V. Roger	Nourrice de Montfermeil (La)	2	3	6 »
Ch. Gabet	Nouvel Achille (Le) (vaud.) d	3	1	loc.
Touzé Prud'homme	Nuit de Noces de Beauflanchet	6	1	loc.
Jacobi	Nuit du 15 octobre (La) d	3	4	6 »
Dédé fils	Oncle et Neveu	3	»	3 »
Louis Bouvet	Oncle Maboulin (L')	4	4	loc.
Bessière-Ruffier	Ordonnance Bezuchet (L')	2	2	loc.
Berthelot Roland	Othello chez Thaïs d	3	5	loc.
Dufils	Paille et la Poutre (La)	»	2	6 »
Billemont	Pantalon de Casimir (Le)	1	1	6 »
A. Petit	Par autorité de Justice d	5	3	loc.
Dorfeuil-Moreau-Dédé	Paris aux Courses d	8	8	loc.
F. Barbier	Par la fenêtre	1	1	4 »
J. Walter	Par la Gymnastique d	2	1	loc.
Henry Moreau	Partie de Campagne d	troupe	»	loc.
Ed. Lhuillier	Pasquinette	1	1	3 »
Bénédite-Jancourt	Le pays Vierge d	troupe	»	loc.
Moreau-Darsay	Pension Carabin	6	5	loc.
Offenbach-Roques	Péri-colle (Parodie de Périchole)	2	1	2 50
Perrault-Maty	Perruche de ma femme (La) d	4	3	loc.
Tréblat-St-Cyr	Personne (drame en 5 minutes)	2	1	1 »
Collin	Petit Spahi (Le)	3	3	5 »
Lebreton-Moreau	Petite baronne (La) d	troupe	»	loc.
Linas	P'tite bête vit encore (La) d	1	1	4 »
Lebreton-Moreau	Petite colonelle (La) d	8	3	loc.
id.	Petites Menichons (Les) d	troupe	»	loc.
A. Petit	Petits lapins (Les) d	troupe	»	loc.
Maurey et Jimbu	Petits-Trottins (Les) d	5	6	loc.
Lebreton-Moreau	Petits Zouzous (Les)	troupe	»	loc.
J. Clérice	Phrynette d	troupe	»	loc.
A. Alaroine	Plumechat et Cie d	4	6	loc.
F. Barbier	Points jaunes (Les)	1	1	5 »
Desfossez-Piccolini	Pommes d'amour (Les)	6	6	loc.
Cinoh-Verdellet	Pompier d'Endoume (Le)	5	2	loc.
Gresset-Bernard-Letorey	Pompier d'Ernestine (Le) d	2	2	loc.
Autigeon-Dourel	Poste restante 222 d	4	3	loc.
F. Barbier	Poupée automate (La)	1	1	4 »
Fay	Pour qui le gosse ?	2	3	loc.
A. Lambert	Première brouille (La, comédie)	»	1	1 »
Couturet	Premières amours d	4	1	loc.
F. Barbier	Premières armes de Parny (Les)	1	3	5 »
Moreau	Professeur de chant (Le)	1	1	3 »
De Ste-Croix	Pygmalion d	1	2	6 »
Garnier-Héros	Queue du Diable (La) d	troupe	»	loc.
Delilia-Héros	Qui va à la Chasse	2	2	loc.
L. Collin	Qui se dispute s'adore	1	1	4 »
Ch. Lecocq	Rajah de Myscre d	troupe	»	8 »
Villebichot	Réponse du Berger (La)	1	1	4 »
Jacoutot	Retour de Kerdrec (Le)	troupe	»	4 »
Meugé	Retour de Margotte (Le)	1	1	4 »
Roques	Retour de Mars (Le)	1	2	4 »
L. Collin	Retour de Musette (Le)	1	1	4 »
Autigeon-Dourel	Revanche de Verluisant (La) d	5	2	loc.
Autigeon-Dourel-Roydel	Revenants (Les) d	3	2	loc.
Ch. Thony	Robes et Manteaux d	5		loc.
F. Chandoir	Roi Claquette (Le) d	3	3	6 »
Briollet-Yvel	Roi koku (Le) d	troupe	»	loc.
Desormes	Roland furieux	3	1	5 »
L. Desormes	Romance impossible (La)	2	»	2 »
Ch. Gabet	Rosière de Valentino (La) d	3	1	loc.
Michiels	Rosière d'Interlaken (La)	1	1	loc.
Ch. Gabet	Ruy Black (v) d	troupe	»	4 »
Claments	Saint-Yvon (La) d	2	1	5 »
Ch. Lecocq	Sauvons la caisse d	1	1	6 »

AUTEURS	TITRES DES ŒUVRES	Hommes	Femmes	Prix net
Marat-Febvre-Donamy .	Septième Escouade (La) d . .	9	7	loc.
R. Planquette .	Serment de Mᵐᵉ Grégoire (Le) .	1	1	8 »
Lebreton-Soudan. .	Serment du marin (Le) d . .	4	2	loc.
Lebreton-Moreau .	Signe de Léda (Le) d. . . .	troupe	»	loc.
Ouvier.	Simone et Boquillon. . . .	2	1	5 »
Lebreton Duroc .	Soir de Noce d	4	4	5 »
Mailfait.	Soirée bourgeoise.	2	2	loc.
Leserre.	Soirée d'amateurs . . pochade	5	»	1 »
Lebreton-Moreau . .	Soldat !.	troupe	»	loc.
Gresset.	Souffleur par amour d . .	3	1	loc.
Meyan	Soupirs du cœur.	2	3	5
Ch. Malo. . .	Souviens-toi de Clémentine .	2	1	
Moreau-Darsay	Spiritisme des Familles . .	4	4	
Tac-Coen. . .	Suzette, Suzanne et Suzon	1	3	loc
Wachs. . . .	Tata chez Toto	2	1	4 »
Lempereur et Pimard .	Témoin (Le).	3	1	loc.
Lambert-Lebreton .	Terre-Neuve d.	3	5	loc.
Marc Sonal . .	Théophile. . . .	2	1	loc.
Chassaigne. . .	Toc.	2	2	loc.
Hervé.. . . .	Toinette et son carabinier. .	2	1	5 »
Bessier-de Gorsse..	Tonton d	3	3	6 »
Wachs. . . .	Totor et Titine.	2	1	loc.
Hubans . . .	Tour de Moulinet (Le) d. .	2	1	4 »
Cartier. . . .	Train des Maris (Le) . . .	2	1	8 »
Moreau-Duroc .	Tranquil'hôtel	5	4	4 »
Moreau-Darsay .	Trente mille francs par an..	2	2	loc.
Ch. Gabet . .	Trésor des Dames d. . . .	troupe	»	loc.
Lebreton-Moreau .	Treize jours d'un Parisien (Les) d.	troupe	»	loc.
id.	Treizième spahis (Le) d. .	troupe	»	loc.
id	Trio de troupiers d. . . .	troupe	»	loc.
Lebreton Téramond	Trois Gosses (Les). . . .	4	4	loc.
Lebreton-Moreau..	Trois Maçons (Les) d	4	2	loc.
Lambert-Lebreton	Truc du Pharmacien (Le). .	4	1	loc.
L. David. . . .	Tu l'as voulu d.	3	1	5 »
Héros Jost. . .	Tzigane dans les Ménages (La) d	troupe	»	loc.
Javelot . . .	Un amour d'épicier. . . .	2	1	4 »
Cardet-Launoy	Un bon mi	2	1	loc.
P. Henrion .	Un charcutier dans les fers.	1	1	4 »
Chassaigne. .	Un Coq en jupons	1	1	4 »
Banès	Un do malade	2	1	5 »
Wachs. . . .	Un domestique pour rire. .	1	1	4 »
Moreau-Gramet.	Un dragon pour deux. . .	3	2	1 »
G. Laurens . .	Un futur sur le gril. . . .	2	1	4 »
Ch. Malo . .	Un gendre à poigne. . . .	2	2	5 »
Pericaud. . .	Un hercule qui ne veut pas se rouiller	2	1	4 »
Cambillard. .	Un mariage à la force du poignet	1	1	3 »
Ch. Malo . .	Un mariage au flageolet. .	1	1	4 »
Dauphin. . .	Un mariage en Chine d. .	4	1	6 »
Bernicat. . .	Un mari à l'essai	1	1	4 »

AUTEURS	TITRES DES ŒUVRES	Hommes	Femmes	Prix net
Pericaud. . .	Un mari en grande vitesse .	3	1	4 »
L. Collin. . .	Un mauvais conscrit . . .	2	»	4 »
Chassaigne. .	Un 1ᵉʳ jour de ménage.. .	1	1	4 »
F. Barbier . .	Un souper chez Mˡˡᵉ Contat.	»	2	5 »
Bernicat. . .	Une aventure de la Clairon .	2	2	6 »
Lebreton-Blairat. .	Une Consultation d. . . .	4	3	loc.
Garnier-Vallès .	Une Corbeille de Noce. . .	5	3	loc.
E. André . .	Une drôle de Marquise . .	2	1	3 »
Claments . .	Une étoile d'antichambre d	2	1	5 »
Jouhaud. . .	Une femme du quart du monde	2	»	4 »
Villebichot. .	Une femme qui bégaie d . .	3	»	6 »
L. Roques. .	Une femme tombée du Ciel .	1	1	5 »
Villebichot. .	Une fille à trucs	3	1	4 »
Liouville . .	Une fille en loterie . . .	2	»	4 »
Touzé-Monjardin	Une intrigue chez les Mouchamiel	2	»	loc.
Desormes. . .	Une lune de miel normande	1	1	4 »
L. Collin . .	Une mariée sans mari . .	1	1	4 »
Ed. Lhuillier. .	Une marine à la vapeur. .	1	8	3 »
Desormes . .	Une mauvaise connaissance.	3	»	5 »
Moreau-Darsay	Une mauvaise nuit	2	2	loc.
Ch. Gabet . .	Une nourrice sur lieu d. .	2	4	loc.
Moreau-Dorfeuil. .	Une nuit de Paris d. . . .	troupe	8	loc.
Duhem. . .	Une partie à Robinson . .	2	»	4 »
Wachs. . .	Une pleine eau à Chatou ,	2	»	4 »
Bernicat. . .	Une poule mouillée. . . .	1	1	4 »
De Paniagua. .	Une sale Histoire d. . . .	2	2	loc.
Chassaigne. .	Une table de café. . . .	2	»	4 »
Robillard. . .	Une tempête conjugale. .	1	»	4 »
Liger-Aubrun .	Urticaire (L').	4	1	loc.
R. Planquette	Valet de cœur (Le)	1	1	4 »
J. Walter . .	Végétariens (Les) d . . .	troupe	1	loc.
Robillard. . .	Vengeance de Ramolli (La).	2	2	4 »
L. Roques. .	Vénus infidèle (retour de mars) d	1	2	4 »
Moreau-Boucherat.	Vert galant	6	1	loc.
Lebreton-Moreau	Vierges du chahut (Les) d.	troupe	1	loc.
Autigeon. . .	Vie de garçon (La) d.	6	6	loc.
Desgranges. .	Vieux Sorcier d. . . .	3	3	loc
Burani-Planquette.	Vingt-huit jours de Champignolette d. .	6	1	loc.
Vallès-Talber.	Vingt-huit jours de Gorenflot (Les).	7	3	loc.
Ratcée-Corbeau	Vive la Classe d . . .	7	8	loc.
Norman-Vallès.	Vive les Bleus. . . .	7	4	loc.
Chaudoir. . .	Voilettes magiques (Les)..	1	1	5 »
Lebreton-Moreau	Vocation d'Isoline (La) . .	1	2	4 »
Jacobi. . . .	Voilà l'plaisir, mesdames..	2	2	4 »
Ch. Hubans .	Voiture à vendre d. . .	2	4	loc.
Lebreton-Moreau .	Volontaire de 92 (Le) d . .	troupe	4	4 »
Tac-Coen . .	Volontaire et vivandière. .	1	2	1 »
P. Talber. .	Volupté des dames (La). .	4	3	loc.
Guy-Mory-Narlus .	Zidore d..	6	7	loc.

Livrets d'opérettes et de vaudevilles, net : 1 franc,

POUR LES GRANDS OUVRAGES DU RÉPERTOIRE

CONSULTER LE CATALOGUE SPÉCIAL DES

OUVRAGES DE THÉATRE

QUI EST ENVOYÉ FRANCO SUR DEMANDE

MM. les Directeurs sont priés de s'adresser à l'Éditeur pour le conducteur et les parties d'orchestre ainsi que pour le service des pièces nouvelles.

Des envois de livrets à choisir sont faits sur demande en port dû aller et retour.

Vannes. — Imp. Lafolye. — 2099-1900

www.ingramcontent.com/pod-product-compliance
Ingram Content Group UK Ltd.
Pitfield, Milton Keynes, MK11 3LW, UK
UKHW021717090726
13657UKWH00005B/2310